LOISIRS POÉTIQUES

PAR

J.-J.-A.-P. DE CARRIÈRE DE VARENNES

Bachelier ès-lettres, Bachelier ès-sciences
Licencié en droit, Membre de l'Union des Poètes.

DÉDIÉ

à Monseigneur le Comte de CHAMBORD.

MONTPELLIER

TYPOGRAPHIE DE BOEHM & FILS, IMPRIMEURS DE L'ACADÉMIE
Place de l'Observatoire.

1872

Y

LOISIRS POÉTIQUES

PAR

J.-J.-A.-P. DE CARRIÈRE DE VARENNES

Bachelier ès-lettres, Bachelier ès-sciences
Licencié en droit, Membre de l'Union des Poètes.

DÉDIÉ

à Monseigneur le Comte de CHAMBORD.

MONTPELLIER

TYPOGRAPHIE DE BOEHM & FILS, IMPRIMEURS DE L'ACADÉMIE
Place de l'Observatoire.

—

1872

LOISIRS POÉTIQUES

A MONSEIGNEUR

LE COMTE DE CHAMBORD

Aux grandeurs d'ici-bas, le sage,
Uni par un faible lien,
Aspire au céleste héritage;
Pour lui tout le reste n'est rien.

Car le Christ, rédempteur de l'homme,
Avant d'expirer sur la croix,
Vécut humblement sous le chaume,
Dédaignant la pourpre des rois.

Si chacun devant vous s'incline,
Si tant d'hommages vous sont dus,
C'est qu'à votre illustre origine
S'allient de rares vertus.

Que parmi ces vertus si belles,
Dont les plus humbles plaisent mieux,
Le ciel vous a dévolu celles
Qui firent bénir vos aïeux.

Ne faut-il pas que dans ce monde,
Où règne la perversité,
Quelque noble exemple féconde
La justice et l'humanité ?

Si l'indigence et la richesse
Marchent ensemble au même but,
Ne faut-il pas que la faiblesse
De la force aide le salut;

Que de l'éternelle puissance
Chacun ressente les effets,
Et n'obtienne de récompense
Qu'en échange de ses bienfaits ?

Ne faut-il pas!.. mais je m'arrête,
Pardonnez mon égarement;
Car si ma verve est indiscrète,
Mon cœur parle sincèrement.

Parmi vos vertus qu'on acclame,
Je rends hommage, avec bonheur,
A la noblesse de votre âme,
A la bonté de votre cœur.

MÉDITATION

L'homme ambitieux, qui soupire
Pour les rêves de son orgueil,
Vit malheureux dans son délire,
Ballotté comme le navire
Qui vient se briser sur l'écueil.

Ah ! s'il pouvait dans sa démence
Envisager l'humanité,
Le néant de notre existence,
Et ce que vaut chaque espérance
En face de l'éternité !

Il vivrait comme vit le sage,
Comme vécut son Rédempteur ;
Et les idoles de notre âge
A ses yeux seraient un outrage
Fait au sublime Créateur.

Il vivrait ; car Dieu nous ordonne
De franchir des sentiers ardus
Pour mériter cette couronne,
Divine étoile qui rayonne
Sur le front béni des élus.

A UN AMI

J'aime l'accent plaintif de votre poésie
Autant que l'hymne saint qu'on écoute à genoux,
Lorsque d'émotion l'âme reste saisie
Et qu'elle s'abandonne à ce charme si doux.

De vos vers gracieux la suave harmonie,
Comme un écho du Ciel résonne parmi nous;
Que ne puis-je, porté sur l'aile du génie,
Franchir ces régions qui sont faites pour vous !

Que ne puis-je, fuyant loin d'un monde profane,
Planer en liberté dans cet air diaphane
Où l'esprit et le cœur s'élèvent tour à tour !

Que ne puis-je mêler aux doux concerts des anges,
Aux sublimes accords des célestes louanges,
Un poétique chant d'allégresse et d'amour !

LE BON PRÊTRE

Dans l'humble presbytère
Qu'abrite un vieil ormeau,
Heureux et solitaire
Vit l'ange du hameau.
Que loin de sa chapelle
L'indigence l'appelle,
Il quitte le saint lieu,
A cette voix fidèle
Comme à la voix de Dieu.

Du Christ, son divin Maître,
Imitant les vertus,
Il marche, le saint prêtre,
Le front haut, les pieds nus ;
En voyant son visage,
Les pauvres du village
Ne sentent plus leurs maux ;
Ils baisent au passage
Sa soutane en lambeaux.

Il appelle l'aumône
A l'ombre de la croix ;
Et si le pain qu'il donne
Lui manque quelquefois,
Priant la Providence,
Au nom de l'indigence,
Ce prêtre généreux
Pleure sur la souffrance
De tous les malheureux.

Comme les douze apôtres,
Il pratique le bien
En donnant tout aux autres,
Ne se réservant rien.
C'est qu'il croit, le saint homme,
Au céleste royaume,
Au bonheur des élus,
Et que les biens de Rome
Lui semblent superflus.

LE DESTIN DU POÈTE

Dans les sentiers étroits de la littérature,
Que de jeunes talents, errant à l'aventure,
Cherchent à surmonter les obstacles nombreux
Qui viennent entraver leurs efforts généreux !
Ils sentent de leur cœur s'envoler l'espérance,
Quand, à bout de travail et de persévérance,
Ils ont envisagé l'affreuse nudité,
Les traits décolorés de la réalité.
D'autres, sans s'arrêter à cette froide image,
Marchent résolûment jusqu'au bout du voyage,
Pour arriver au but unique et glorieux
Qui semble élever l'homme à la hauteur des cieux ;
Ce but que l'on n'atteint qu'au déclin de la vie,
En marchant à travers les ronces de l'envie ;
Ce but qui semble fuir sans cesse sous nos pas,
Qui sait tout enchaîner à ses brillants appas :
C'est le dieu qu'on adore au temple de Mémoire,
C'est notre rêve à tous, c'est l'immortelle Gloire...
Oh ! Gloire rayonnant au ciel de l'avenir,
Des siècles écoulés éternel souvenir,

Sœur des rêves aimés, que d'esprits tu vis naître :
Vivre pour t'acquérir, mourir sans te connaître !...
Ah ! que de nobles cœurs sur ta trace engagés,
Faute d'un ferme appui, tombent découragés
Au milieu d'une foule indifférente et folle
Qui, pour les entraîner dans son temple frivole,
Oppose à leur amour du sublime idéal
L'exemple de Gilbert mort dans un hôpital ;
Puis, montrant au génie entravé dans sa course
Des hommes bien repus s'engraissant à la Bourse,
Elle veut l'enchaîner à ce point circonscrit
Où l'abdomen se gonfle aux dépens de l'esprit...
Mais l'homme sur lequel a jailli la lumière
Peut-il sacrifier longtemps à la matière ?...
Non. — Mu par des instincts à lui-même inconnus,
Il vit pauvre d'argent, riche de ses vertus.
Et, loin de déplorer sa misère profonde,
Il gémit en secret sur les vices d'un monde
Qui voudrait l'étouffer dans ce cercle de fer
Forgé par l'égoïsme et rivé par l'enfer.

LE REPENTIR

Ah ! je l'entends vibrer cette heure solennelle,
Et déjà le trépas me couvre de son aile...
O Mort ! affreuse mort ! fantôme décevant !
Es-tu l'heureux réveil après un triste songe,
Ou l'invisible main qui, sans pitié, nous plonge
    Aux noirs abîmes du néant ?

J'ai méconnu de Dieu la puissance sublime,
Qui bénit les vertus et condamne le crime ;
J'ai nié les bienfaits de la Divinité ;
Je l'ai crue étrangère aux lois de la nature !
Et pourtant je me sens, chétive créature,
    Frémir devant l'éternité !

Pendant le court trajet d'une existence usée,
J'osai tout mesurer à ma faible pensée ;
Des saintes lois du Ciel j'osai me faire un jeu :
Atome inaperçu parmi tous les atomes,
J'osai courber mon front sous le pouvoir des hommes,
    Et douter du pouvoir de Dieu !

Ce pouvoir maintenant suspend mon agonie.
Dieu révèle à mon cœur sa puissance infinie.
J'ai dit : L'âme, vain mot ! l'âme n'existe pas !
Et c'est lui qui permet qu'au moment du délire
Elle s'éveille en moi, lorsque mon cœur expire,
    Plus forte en face du trépas.

Je la sens s'élever vers la voûte céleste,
Loin du chaos mortel où ma dépouille reste,
Loin d'un monde nourri d'angoisses, de douleurs ;
Et, l'esprit revenu des erreurs d'un autre âge,
J'attends comme un bienfait le céleste héritage
    Que j'ai racheté par mes pleurs.

Le doute dans mon cœur ne laisse plus de trace.
Du Ciel que j'ai nié j'ose attendre ma grâce ;
Sur le bord du tombeau que je vois s'entr'ouvrir,
Mes yeux, longtemps voilés, s'ouvrent à la lumière ;
L'heure du repentir est mon heure dernière :
    Je crois, mon Dieu... je puis mourir !

UN RÊVE

LE CHAOS

D'où vient ce bruit plus fort que celui du tonnerre,
Qui ne semble sortir du ciel ni de la terre,
Terrible et menaçant le monde épouvanté ;
Bruit qui va grandissant comme pour le confondre,
Retentissant écho, voix qui semble répondre
    A la voix de l'éternité !

A ce bruit l'univers frémit dans son orbite,
En flots tumultueux la mer monte et s'agite,
Aux flots se mêle un vent qui souffle avec fureur ;
Tout semble confondu : — l'astre du jour lui-même,
Comme pour confirmer un terrible anathème,
    Jette une sanglante lueur.

Des nuages épais et chargés de ténèbres
Sur la nature en deuil passent, voiles funèbres
Poussés par l'ouragan et par lui déroulés ;
Aux nuages sans fin succèdent des nuages,
Comme si l'Éternel déchaînait les orages
    , De tous les siècles écoulés.

D'immenses tourbillons arrêtent dans sa course
Le fleuve impétueux qui remonte à sa source,
Soulèvent en passant le sable des déserts ;
Sous ce vent destructeur les montagnes gémissent,
Les bois, déracinés, emportés, retentissent
    En s'entrechoquant dans les airs.

Car l'ouragan poursuit son œuvre destructive ;
Rien ne peut résister au pouvoir qui l'active :
L'homme et ses monuments doivent être abattus.
Les cités n'offrent plus que de vastes décombres ;
Sur leurs tristes débris on voit, comme des ombres,
    Errer les mortels éperdus.

Dieu le veut ! il faut donc que tout s'anéantisse,
La tempête accomplit un dernier sacrifice ;
Prête à se dissiper sous son dernier effort,
Terrassée à son tour, l'humanité succombe.
Un souffle la créa, sous un souffle elle tombe
    Dans le silence de la mort.

        L'ouragan s'efface,
        Un calme de glace
        A soudain fait place
        Aux foudres des cieux ;
        Effrayant mystère,
        Tout sur cette terre
        Triste et solitaire
        Est silencieux.

        Errante, incertaine,
        Comme une âme en peine,
        Comme une ombre vaine,
        La clarté du jour

De cette vallée,
Morne et désolée,
Vaste mausolée
S'éclipse à son tour.

Pâle comme un rêve,
Que la mort achève,
La lune se lève
Au sein de la nuit ;
Mais, lugubre phare,
Fantôme bizarre,
Sa clarté s'égare
Et bientôt s'enfuit.

Jadis scintillante,
L'étoile tremblante
Projette expirante
Un rayon de feu;
Sa clarté légère
Passe la dernière :
C'est de la lumière
Le dernier adieu.

Le néant, le néant, vide affreux dans le vide
Où l'éternelle Mort invisible réside,
A tout enveloppé dans son immensité.
La terre semble fuir dans cette nuit obscure,
Pour cacher aux regards du Dieu de la nature
    Les cendres de l'humanité.

Coupable humanité que Dieu, dans sa colère,
Sous sa puissante main a réduite en poussière,
Dis-moi ce qui te reste au fond de ton cercueil.

Triste et dernier débris des vanités du monde,
Où trouver au milieu de cette nuit profonde
   Un vestige de ton orgueil?

Tout est anéanti : la justice divine
A fait de l'univers une immense ruine.
Des splendeurs d'ici-bas la terre offre un lambeau,
·Un lambeau sous lequel tout ce qui fut repose,
Car l'ange du trépas a plongé toute chose
   Dans l'égalité du tombeau.

UNE FILLE PERDUE

Les rêves de bonheur, illusions de l'âme,
En toi se sont éteints comme une pâle flamme,
Alors que tu suivais, ivre de tes appas,
   Le sentier que creusa le vice
   A bord de l'affreux précipice
   Qui s'est entr'ouvert sous tes pas !

Le démon tentateur qui marchait sur tes traces
A de son souffle impur anéanti tes grâces ;
Jaloux, il enviait la céleste beauté
   Dont le Ciel orna ton visage,
   Pour te doter d'un avantage
   Qui compensât ta pauvreté.

Et tu n'as pas compris que cet esprit perfide
Ne voulait qu'abuser de ton âme candide,
Souiller la pureté de ton front virginal,
   Te donner le nom de maîtresse,
   Puis se rire de ta faiblesse,
   Après t'avoir vouée au mal !

Et ce trésor divin, cette vertu si chère,
Que tu puisas, enfant, dans le sein de ta mère,
Comme l'insecte ailé va puiser sur les fleurs
      Cette essence qui le fait vivre,
      Qui le transporte et qui l'enivre,
      Devait-il te coûter des pleurs?...

Un moment, du danger comprenant l'étendue,
La voix de la raison par toi fut entendue,
Et sur tes premiers pas tu voulus revenir;
      Mais le monde, juge implacable,
      Arrêta ton âme coupable
      Sur le chemin du repentir!

« Obéis, cria-t-il, au torrent qui t'entraîne,
» A son affreux courant le déshonneur t'enchaîne;
» Esclave des plaisirs, séduisante houri,
      » Ne va pas te montrer rebelle;
      » Tant que tu seras jeune et belle
      » Sois notre jouet favori.

» Lorsque le temps plus tard aura flétri tes charmes,
» Que les remords alors fassent couler tes larmes;
» Mais, jusqu'à ce moment, songe que nous voulons
      » Des mots d'amour et de folie,
      » Un geste obscène dans l'orgie,
      » Et quelques lubriques chansons.

» Il faut que la gaîté sans cesse t'accompagne,
» Que tu saches vider les flacons de champagne,
» Jusqu'à ce qu'à tes yeux tout semble tournoyer;
      » Et dans ce nectar qui pétille,
      » Il faut que ta pudeur de fille
      » Au dessert vienne se noyer.

» Qu'une coupe à la main, bacchante vive et folle,
» Tu portes à l'Amour, inconstant et frivole,
» Des toasts multipliés, et que tu sois pour tous
    » Une seule et même conquête
    » Que l'on n'aime qu'un jour de fête,
    » Et dont personne n'est jaloux.

» Il faut que, par le feu d'une ivresse insensée,
» Tu puisses raviver dans notre âme blasée
» Ce foyer presque éteint qui dévora nos sens.
    » Bercés d'un plaisir illusoire,
    » Il faut que tu nous laisses croire
    » Aux émotions que tu ressens.

» Il faut que ton regard sur nos regards s'attache,
» Et qu'un feu libertin l'anime sans relâche;
» Puis, foulant avec nous des préjugés maudits,
    » Quand nous partageons ton délire,
    » Que tu saches pleurer et rire,
    » Mêler l'enfer au paradis.

» Il te faut, en un mot, nouvelle courtisane,
» T'enivrer au parfum de notre encens profane,
» Jusqu'à ce que, vaincue enfin par les plaisirs,
    » Foulée au pied de ton idole,
    » Ce soit bien elle qui t'immole
    » Selon le gré de ses désirs. »

Ainsi parla le monde, et ton âme interdite
Se laissa subjuguer par cette voix maudite,
Qui te fit comparer le vice cousu d'or
    Avec l'honneur dans l'indigence,
    Le plaisir avec la souffrance,
    Quand tu pouvais choisir encor !

Et tu n'hésitas plus, pauvre fille imprudente,
A suivre le plaisir dans sa course inconstante ;
Le plaisir te laissa bien loin derrière lui,
    Flétrie à jamais sur la terre,
    Entre l'opprobre et la misère
    Où je te retrouve aujourd'hui !!

———

A SAINT VINCENT DE PAULE

Digne apôtre du Christ, ô bienheureux de Paule,
Toi qui fus ici-bas le sublime symbole
De l'amour le plus pur, de la plus sainte foi,
Que ne puis-je, empruntant le langage des anges,
Mêler ton nom si cher à mes faibles louanges,
    Et les rendre dignes de toi !

Que ne puis-je, aux accents de ma timide lyre,
Embraser tous les cœurs que ton exemple inspire
D'un feu de charité sans cesse renaissant !
Que ne puis-je, en montrant les reflets de ta gloire,
Faire, du haut du ciel, resplendir ta mémoire
    Sur l'univers reconnaissant !

Mais que dis-je ? insensé ! de ma faible parole
Oserais-je effleurer ta divine auréole ?
La charité te fit plus grand que tout mortel,
Et dans cette vallée, où la misère abonde,
Deux siècles ont gravé sur les douleurs du monde
    Ton nom qui rayonne immortel.

A la vieillesse infirme, à l'enfance débile,
La douce charité partout ouvre un asile
Où, malgré ses douleurs, le pauvre te bénit.
Là, des filles du Ciel, sous l'habit monastiqué,
Vierges au front serein, au sourire angélique,
    Veillent au chevet de leur lit !

Ces anges, ces martyrs que le monde vénère,
Les petits orphelins les appellent : ma mère !
Cet hommage touchant dit assez leurs vertus :
Dieu seul mit dans le cœur de ces pieuses femmes
L'ardente charité qui distingue les âmes
    Du petit nombre des élus !

Apôtre, sois béni ! les anges, de leurs ailes
Abriteront toujours tes œuvres immortelles,
Qui s'offrent pour modèle à tes admirateurs ;
Guide du haut du Ciel, ta divine patrie,
Dans la sublime voie où tu marques ta vie,
    Tes généreux imitateurs.

Par eux l'infortuné renaît à l'espérance,
Ses maux sont allégés, et l'affreuse indigence
De son hideux manteau n'ose plus le couvrir ;
Le riche, à son aspect, sentant son âme émue,
Jette quelques lambeaux sur sa pauvreté nue,
    Et chacun vient le secourir.

Le cœur n'est plus navré par la plainte dolente
Que jetait aux passants cette foule indigente
Que le malheur vouait à la mendicité ;
Qui, le corps amaigri, l'œil hagard, le teint jaune,
Tendait d'avides mains et recevait l'aumône
    En maudissant la charité.

Car ils ont sur sa bouche arrêté le blasphème,
En évoquant de Dieu la volonté suprême,
Ces chrétiens que le Ciel semble avoir destinés
A semer les bienfaits d'une charité sainte ;
Et pour eux la prière a fait place à la plainte
    Qu'exhalaient tant d'infortunés.

La misère de pleurs n'est plus insatiable ;
Conviée au banquet d'un monde sociable,
Elle a pu prendre part au fraternel festin.
Dieu, qui sait de nos maux adoucir l'amertume,
Aux yeux des malheureux que la douleur consume
    A fait luire un nouveau destin.

Généreux bienfaiteurs, oui tel est votre ouvrage ;
L'humanité vous doit un éclatant hommage ;
Vous vous êtes unis pour calmer ses douleurs,
Qui peut dire le bien que vous ferez encore ?
Il existe toujours des maux que l'on ignore,
    Qui dans l'ombre versent des pleurs !!

Sublime Créateur, à qui rien ne s'oppose,
Arbitre souverain, qui pouvez toute chose,
Faites grandir encor cet élan généreux ;
Rendez à la pitié tous les cœurs accessibles
    Aux souffrances des malheureux !

UN ENFANT ABANDONNÉ

Enfant déshérité des douceurs de ce monde,
Je n'entends ici-bas nulle voix qui réponde
Aux plaintes de mon cœur par un seul mot d'amour.
    Reviens pour calmer mes alarmes,
    Reviens pour essuyer mes larmes :
    Ma mère, j'attends ton retour !

Pourquoi m'as-tu privé de tes douces tendresses ?
Pourquoi dès le berceau, repoussant mes caresses,
T'éloignas-tu de moi pour ne plus revenir ?
    Mère, dis-le moi, je t'en prie ;
    Un mot de ta bouche chérie
    Peut seul m'empêcher de souffrir.

Il m'eût été si doux de te voir me sourire
Et, bercé dans tes bras, de t'entendre me dire :
Je t'aime, mon enfant, je ne vis que pour toi !
    Mais, hélas ! cette voix touchante,
    Cette parole consolante,
    Fut toujours un rêve pour moi !

Tu réponds quelquefois à mon âme plaintive ;
Dans un songe doré, ton ombre fugitive
Semble avoir reconnu mes accents douloureux ;
  Mais tu passes comme un nuage,
  Le réveil détruit ton image
  Et me laisse plus malheureux.

Chaque jour on me dit : « L'enfant qu'on abandonne
» Doit à la charité tous les soins qu'on lui donne. »
Ces mots sur le passé me rendent incertain,
  Et me font croire, pauvre mère !
  Que tu m'as délaissé sur terre,
  Ne pouvant me donner du pain !...

Et cependant, mon Dieu ! dans l'affreuse indigence,
Pour une mère un fils est l'unique espérance
Qui l'aide à supporter les tourments d'ici-bas.
  Lorsque son âme est désolée,
  Elle doit être consolée
  Rien qu'en le pressant dans ses bras.

Appui des orphelins, Divinité suprême,
Qui voyez mes soupirs et ma douleur extrême,
Conduisez jusqu'à moi la mère que j'attends ;
  Inspirez-lui, Vierge immortelle,
  Cette tendresse maternelle
  Qui vous fait chérir vos enfants !

L'oubli seul de mes maux peut calmer l'amertume,
En regrets éternels mon âme se consume...
Tout espoir de bonheur pour moi s'est envolé.
  De mon esprit rien ne t'efface,
  Et rien ne peut tenir ta place
  Dans mon triste cœur isolé !

Si jamais un remords vient torturer ton âme,
Si le monde insensé te poursuit de son blâme,
Reviens! je t'aimerai malgré ton abandon,
    Comme on aime quand on adore !
    Et devant le Dieu que j'implore,
Mère, j'obtiendrai ton pardon.

www.ingramcontent.com/pod-product-compliance
Lightning Source LLC
Chambersburg PA
CBHW061618180626
46818CB00005B/2137